詩集『青猫』より

萩原朔太郎＋しきみ

オリジナル版『青猫』は、新潮社から1923年1月に発行された。

萩原朔太郎

明治19年（1886年）群馬県生まれ。詩人、小説家。「日本近代詩の父」と称される。中学在学中に級友と共に『野守』という回覧雑誌を出して短歌を発表する。主な詩集に、『月に吠える』『純情小曲集』『宿命』などがある。「乙女の本棚」シリーズでは本作のほかに、『猫町』（萩原朔太郎＋しきみ）がある。

しきみ

イラストレーター。東京都在住。『刀剣乱舞』など、有名オンラインゲームのキャラクターデザインのほか、多くの書籍の装画やファッションブランドとのコラボレーションを手がけている。著書に『魔術師』（谷崎潤一郎＋しきみ）、『夢十夜』（夏目漱石＋しきみ）、『桜の森の満開の下』（坂口安吾＋しきみ）、『押絵と旅する男』（江戸川乱歩＋しきみ）、『猫町』（萩原朔太郎＋しきみ）、『貘の国』がある。

薄暮の部屋

つかれた心臓は夜《よる》をよく眠る
私はよく眠る
ふらんねるをきたさびしい心臓の所有者だ
なにものか　そこをしづかに動いてゐる夢の中なるちのみ兒
寒さにかじかまる蠅のなきごゑ
ぶむ　ぶむ　ぶむ　ぶむ　ぶむ　ぶむ。

私はかなしむ　この白つぽけた室内の光線を
私はさびしむ　この力のない生命の韻動を。

恋びとよ
お前はそこに坐つてゐる　私の寝台のまくらべに
恋びとよ　お前はそこに坐つてゐる。
お前のほつそりした頸《くび》すぢ
お前のながくのばした髪の毛
ねえ　やさしい恋びとよ
私のみじめな運命をさすつておくれ

私はかなしむ
私は眺める
そこに苦しげなるひとつの感情
病みてひろがる風景の憂鬱を
ああ　さめざめたる部屋の隅から　つかれて床をさまよふ蠅の幽
霊
ぶむ　ぶむ　ぶむ　ぶむ　ぶむ　ぶむ。

恋びとよ
私の部屋のまくらべに坐るをとめよ
お前はそこになにを見るのか
わたしについてなにを見るのか
この私のやつれたからだ　思想の過去に残した影を見てゐるのか
恋びとよ
すえた菊のにほひを嗅ぐやうに
私は嗅ぐ　お前のあやしい情熱を　その青ざめた信仰を
よし二人からだをひとつにし
このあたたかみあるものの上にしも　お前の白い手をあてて　手
をあてて。

恋びとよ
この閑寂な室内の光線はうす紅く
そこにもまた力のない蠅のうたごゑ
ぶむ　ぶむ　ぶむ　ぶむ　ぶむ　ぶむ。
恋びとよ
わたしのいぢらしい心臓は　お前の手や胸にかじかまる子供のや
うだ
恋びとよ
恋びとよ。

寝台を求む

どこに私たちの悲しい寝台があるか
ふつくりとした寝台の　白いふとんの中にうづくまる手足があるか
私たち男はいつも悲しい心でゐる
私たちは寝台をもたない
けれどもすべての娘たちは寝台をもつ
すべての娘たちは　猿に似たちひさな手足をもつ
さうして白い大きな寝台の中で小鳥のやうにうづくまる
すべての娘たちは　寝台の中でたのしげなすすりなきをする
ああ　なんといふしあはせの奴らだ
この娘たちのやうに
私たちもあたたかい寝台をもとめて
私たちもさめざめとすすりなきがしてみたい。
みよ　すべての美しい寝台の中で　娘たちの胸は互にやさしく抱きあふ

心と心と
手と手と
足と足と
からだとからだとを紐にてむすびつけよ
心と心と
手と手と
足と足と
からだとからだとを撫《な》でることによりて慰めあへよ

このまつ白の寝台の中では
なんといふ美しい娘たちの皮膚のよろこびだ
なんといふいぢらしい感情のためいきだ。
けれども私たち男の心はまづしく
いつも悲しみにみちて大きな人類の寝台をもとめる
その寝台はばね仕掛けでふつくりとしてあたたかい
まるで大雪の中にうづくまるやうに
人と人との心がひとつに解けあふ寝台
かぎりなく美しい愛の寝台
ああ　どこに求める　私たちの悲しい寝台があるか
どこに求める
私たちのひからびた醜い手足
このみじめな疲れた魂の寝台はどこにあるか。

青猫

この美しい都会を愛するのはよいことだ
この美しい都会の建築を愛するのはよいことだ
すべてのやさしい女性をもとめるために
すべての高貴な生活をもとめるために
この都にきて賑《にぎ》やかな街路を通るのはよいことだ
街路にそうて立つ桜の並木
そこにも無数の雀がさへづつてゐるではないか。

ああ　このおほきな都会の夜にねむれるものは
ただ一疋《ぴき》の青い猫のかげだ
かなしい人類の歴史を語る猫のかげだ
われの求めてやまざる幸福の青い影だ。
いかならん影をもとめて
みぞれふる日にもわれは東京を恋しと思ひしに
そこの裏町の壁にさむくもたれてゐる
このひとのごとき乞《こ》食《じき》はなにの夢を夢みて居るのか。

月夜

重たいおほきな羽をばたばたして
ああ　なんといふ弱弱しい心臓の所有者だ。
花瓦斯のやうな明るい月夜に
白くながれてゆく生物の群をみよ
そのしづかな方角をみよ
この生物のもつひとつのせつなる情緒をみよ
あかるい花瓦斯のやうな月夜に
ああ　なんといふ悲しげな　いぢらしい蝶類の騒擾だ。

春の感情

ふらんすからくる煙草のやにのにほひのやうだ
そのにほひをかいでゐると気がうつとりとする
うれはしい　かなしい　さまざまのいりこみたる空の感情
つめたい銀いろの小鳥のなきごゑ
春がくるときのよろこびは
あらゆるひとのいのちをふきならす笛のひびきのやうだ
ふるへる　めづらしい野路のくさばな
おもたく雨にぬれた空気の中にひろがるひとつの音色
なやましき女のなきごゑはそこにもきこえて
春はしつとりとふくらんでくるやうだ。
春としなれば山奥のふかい森の中でも
くされた木株の中でもうごめくみみずのやうに
私のたましひはぞくぞくとして菌を吹き出す

たとへば毒だけ　へびだけ　べにひめぢのやうなもの
かかる菌の類はあやしげなる色香をはなちて
ひねもすさびしげに匂つてゐる。
春がくる　春がくる
春がくるときのよろこびは　あらゆるひとのいのちを吹きならす
笛のひびきのやうだ
そこにもここにも
ぞくぞくとしてふきだす菌　毒だけ
また藪かげに生えてほのかに光るべにひめぢの類。

恐ろしく憂鬱なる

こんもりとした森の木立のなかで
いちめんに白い蝶類《てふるい》が飛んでゐる
むらがる　むらがりて飛びめぐる
てふ　てふ　てふ　てふ　てふ　てふ　てふ
みどりの葉のあつぼつたい隙間から
ぴか　ぴか　ぴか　ぴかと光る　そのちひさな鋭《する》どい翼《つばさ》
いつぱいに群がつてとびめぐる　てふ　てふ　てふ　てふ　てふ　てふ
てふ　てふ　てふ　てふ　てふ　てふ　てふ
ああ　これはなんといふ憂鬱な幻だ
このおもたい手足　おもたい心臓
かぎりなくなやましい物質と物質との重なり
ああ　これはなんといふ美しい病気だらう

つかれはてたる神經のなまめかしいたそがれどきに
私はみる　ここに女たちの投げ出したおもたい手足を
つかれはてた股《もも》や乳房のなまめかしい重たさを
その鮮血《せんけつ》のやうなくちびるはここにかしこに
私の青ざめた屍体《したい》のくちびるに
額《ひたい》に　髪に　髪の毛に　股に　胯《また》に　腋《わき》の下に　足くびに　足の
うらに
みぎの腕にも　ひだりの腕にも　腹のうへにも押しあひて息ぐる
しく重なりあふ
むらがりむらがる　物質と物質との淫猥《いんわい》なるかたまり
ここにかしこに追ひみだれたる蝶のまつくろの集団
ああこの恐ろしい地上の陰影

このなまめかしいまぼろしの森の中に
しだいにひろがつてゆく憂鬱の日かげをみつめる
その私の心はばたばたと羽ばたきして
小鳥の死ぬるときの醜いすがたのやうだ
ああこのたへがたく悩ましい性の感覚
あまりに恐ろしく憂鬱なる。

註。「てふ」「てふ」はチヨーチヨーと読むべからず。
蝶の原音は「て・ふ」である。
蝶の翼の空気をうつ感覚を音韻に寫したものである。

夢にみる空家《あきや》の庭の秘密

その空家の庭に生えこむものは松の木の類
びはの木　桃の木　まきの木　さざんか　さくらの類
さかんな樹木　あたりにひろがる樹木の枝
またそのむらがる枝の葉かげに　ぞくぞくと繁茂《はんも》するところの植
物
およそ　しだ　わらび　ぜんまい　もうせんごけの類
地べたいちめんに重なりあつて這ひまはる
それら青いものの生命《いのち》
それら青いもののさかんな生活
その空家の庭はいつも植物の日影になつて薄暗い
ただかすかにながれるものは一筋の小川のみづ
夜も昼もさよさよと悲しくひくくながれる水の音
またじめじめとした垣根のあたり
なめくぢ　へび　かへる　とかげ類のぬたぬたとした気味わるい
すがたをみる。

さうしてこの幽邃《いうすい》な世界のうへに
夜は青じろい月の光がてらしてゐる
月の光は前栽《せんざい》の植込からしつとりとながれこむ。
あはれにしめやかな　この深夜のふけてゆく思ひに心をかたむけ
わたしの心は垣根にもたれて横笛を吹きすさぶ
ああ　このいろいろのもののかくされた秘密の生活
かぎりなく美しい影と　不思議なすがたの重なりあふところの世界
月光の中にうかびいづる羊歯《しだ》わらび　松の木の枝
なめくぢ　へび　とかげ類の無気味な生活
ああ　わたしの夢によくみる　このひと住まぬ空家の庭の秘密と
いつもその謎のとけやらぬおもむき深き幽邃のなつかしさよ。

黒い風琴

おるがんをお弾きなさい　女のひとよ
あなたは黒い着物をきて
おるがんの前に坐りなさい
あなたの指はおるがんを這ふのです
かるく　やさしく　しめやかに　雪のふつてゐる音のやうに
おるがんをお弾きなさい　女のひとよ。

だれがそこで唱つてゐるの
だれがそこでしんみりと聴いてゐるの
ああこのまつ黒な憂鬱の闇のなかで
べつたりと壁にすひついて
おそろしい巨大の風琴を弾くのはだれですか
宗教のはげしい感情　そのふるへ
けいれんするぱいぷおるがん　れくれえむ！
お祈りなさい　病気のひとよ
おそろしいことはない　おそろしい時間はないのです
お弾きなさい　おるがんを
やさしく　とうえんに　しめやかに
大雪のふりつむときの松葉のやうに
あかるい光彩をなげかけてお弾きなさい
お弾きなさい　おるがんを
おるがんをお弾きなさい　女のひとよ。

ああ　まつくろのながい着物をきて
しぜんに感情のしづまるまで
あなたはおほきな黒い風琴をお弾きなさい
おそろしい暗闇の壁の中で
あなたは熱心に身をなげかける
あなた！
ああ　なんといふはげしく陰鬱なる感情のけいれんよ。

みじめな街灯

雨のひどくふつてる中で
道路の街灯はびしよびしよぬれ
やくざな建築は坂に傾斜し　へしつぶされて歪んでゐる
はうはうぼうぼうとした煙霧の中を
あるひとの運命は白くさまよふ
そのひとは大外套に身をくるんで
まづしく　みすぼらしい鳶《とんび》のやうだ
とある建築の窓に生えて
風雨にふるへる　ずつくりぬれた青樹をながめる
その青樹の葉つぱがかれを手招き
かなしい雨の景色の中で
厭やらしく　霊魂《たましひ》のぞつとするものを感じさせた。
さうしてびしよびしよに濡れてしまつた。
影も　からだも　生活も　悲哀でびしよびしよに濡れてしまつた。

題のない歌

南洋の日にやけた裸か女のやうに
夏草の茂つてゐる波止場の向うへ　ふしぎな赤錆《さ》びた汽船がはひ
つてきた
ふはふはとした雲が白くたちのぼつて
船員のすふ煙草のけむりがさびしがつてる。
わたしは鶉《うづら》のやうに羽ばたきながら
さうして丈《たけ》の高い野茨の上を飛びまはつた
ああ　雲よ　船よ　どこに彼女は航海の碇をすてたか
ふしぎな情熱になやみながら
わたしは沈黙の墓地をたづねあるいた
それはこの草叢《くさむら》の風に吹かれてゐる
しづかに　錆びついた　恋愛鳥の木乃伊《みいら》であつた。

鴉毛の婦人

やさしい鴉毛の婦人よ
わたしの家根裏の部屋にしのんできて
麝香《じやかう》のなまめかしい匂ひをみたす
貴女《あなた》はふしぎな夜鳥
木製の椅子にさびしくとまつて
その嘴《くちばし》は心臓《こころ》をついばみ　瞳孔《ひとみ》はしづかな涙にあふれる
夜鳥よ
このせつない恋情はどこからくるか
あなたの憂鬱なる衣裳をぬいで　はや夜露の風に飛びされ。

猫柳

つめたく青ざめた顔のうへに
け高くにほふ優美の月をうかべてゐます
月のはづかしい面影
やさしい言葉であなたの死骸《しがい》に話しかける。
ああ　露《つゆ》しげく
しつとりとぬれた猫柳　夜風のなかに動いてゐます。
ここをさまよひきたりて
うれしい情《なさけ》のかずかずを歌ひつくす
そは人の知らないさびしい情慾　さうして情慾です。
ながれるごとき涙にぬれ
私はくちびるに血潮をぬる
ああ　なにといふ恋しさなるぞ
この青ざめた死霊にすがりつきてもてあそぶ
夜風にふかれ
猫柳のかげを暗くさまよふよ　そは墓場のやさしい歌ごゑです。

怠惰の暦

いくつかの季節はすぎ
もう憂鬱の桜も白つぽく腐れてしまつた
馬車はごろごろと遠くをはしり
海も　田舎も　ひつそりとした空気の中に眠つてゐる
なんといふ怠惰な日だらう
運命はあとからあとからとかげつてゆき
さびしい病鬱は柳の葉かげにけむつてゐる
もう暦もない　記憶もない
わたしは燕《つばめ》のやうに巣立ちをし　さうしてふしぎな風景のはてを
翔《かけ》つてゆかう。
むかしの恋よ　愛する猫よ
わたしはひとつの歌を知つてる
さうして遠い海草の焚けてる空から　爛《ただ》れるやうな接吻《きす》を投げよ
う
ああ　このかなしい情熱の外　どんな言葉も知りはしない。

閑雅《かんが》な食慾

松林の中を歩いて
あかるい気分の珈琲店《かふえ》をみた。
遠く市街を離れたところで
だれも訪づれてくるひとさへなく
林間の　かくされた　追憶の　夢の中の珈琲店《かふえ》である。
をとめは恋恋の羞をふくんで
あけぼののやうに爽快《さうくわい》な　別製の皿を運んでくる仕組
私はゆつたりとふほふくを取つて
おむれつ　ふらいの類を喰べた。
空には白い雲が浮んで
たいそう閑雅な食慾である。

蒼ざめた馬

冬の曇天の　凍りついた天気の下で
そんなに憂鬱な自然の中で
だまつて道ばたの草を食つてる
みじめな　しよんぼりした　宿命の　因果の　蒼ざめた馬の影で
す
わたしは影の方へうごいて行き
馬の影はわたしを眺めてゐるやうす。

ああはやく動いてそこを去れ
わたしの生涯《らいふ》の映画膜《すくりん》から
すぐに　すぐに外《ず》りさつてこんな幻像を消してしまへ
私の「意志」を信じたいのだ。馬よ！
因果の　宿命の　定法《ちやうはふ》の　みじめなる
絶望の凍りついた風景の乾板から
蒼ざめた影を逃走しろ。

顔

ねぼけた桜の咲くころ
白いぼんやりした顔がうかんで
窓で見てゐる。
ふるいふるい記憶のかげで
どこかの波止場で逢つたやうだが
菫《すみれ》の病鬱の匂ひがする
外光のきらきらする硝子窓から
ああ遠く消えてしまつた　虹のやうに。

私はひとつの憂ひを知る
生涯《らいふ》のうす暗い隅を通つて
ふたたび永遠にかへつて來ない。

自然の背後に隠れて居る

僕等が藪《やぶ》のかげを通つたとき
まつくらの地面におよいでゐる
おほおよとする象像《かたち》をみた
僕等は月の影をみたのだ。
僕等が草叢《くさむら》をすぎたとき
さびしい葉ずれの隙間から鳴る
そわそわといふ小笛をきいた。
僕等は風の声をみたのだ。

僕等はたよりない子供だから
僕等のあはれな感触では
わづかな現はれた物しか見えはしない。
僕等は遥かの丘の向うで
ひろびろとした自然に住んでる
かくれた万象の密語をきき
見えない生き物の動作をかんじた。

僕等は電光の森かげから
夕闇のくる地平の方から
煙《けむり》の淡じろい影のやうで
しだいにちかづく巨像をおぼえた
なにかの妖《あや》しい相貌《すがた》に見える
魔物の迫れる恐れをかんじた。

おとなの知らない希有《けう》の言葉で
自然は僕等をおびやかした
僕等は葦のやうにふるへながら
さびしい曠野《くわうや》に泣きさけんだ。
「お母あさん！　お母あさん！」

片恋

市街を遠くはなれて行つて
僕等は山頂の草に坐つた
空に風景はふきながされ
ぎぼし　ゆきしだ　わらびの類
ほそくさよさよと草地に生えてる。

君よ弁当をひらき
はやくその卵を割つてください。
私の食慾は光にかつゑ
あなたの白い指にまつはる
果物の皮の甘味にこがれる。

君よ　なぜ早く籠《かご》をひらいて
鶏肉の　腸詰《ちやうづめ》の　砂糖煮の　乾酪《はむ》のご馳走をくれないのか
ぼくは飢ゑ
ぼくの情慾は身をもだえる。

君よ
君よ
疲れて草に投げ出してゐる
むつちりとした手足のあたり
ふらんねるをきた胸のあたり
ぼくの愛着は熱奮《ねつぷん》して　高潮して
ああこの苦しさ　圧迫にはたへられない。

高原の草に坐つて
あなたはなにを眺めてゐるのか
あなたの思ひは風にながれ
はるかの市街は空にうかべる
ああ　ぼくのみひとり焦燥して
この青青とした草原の上
かなしい願望に身をもだえる。

夢

あかるい屏風《びやうぶ》のかげにすわつて
あなたのしづかな寝息をきく。
香炉のかなしいけむりのやうに
そこはかとたちまよふ
女性のやさしい匂ひをかんずる。

かみの毛ながきあなたのそばに
睡魔のしぜんな言葉をきく
あなたはふかい眠りにおち
わたしはあなたの夢をかんがふ
このふしぎなる情緒
影なきふかい想ひはどこへ行くのか。
薄暮のほの白いうれひのやうに
はるかに幽かな湖水をながめ
はるばるさみしい麓をたどつて
見しらぬ遠見の山の峠に
あなたはひとり道にまよふ　道にまよふ。

ああ　なにあこがれもとめて
あなたはいづこへ行かうとするか
いづこへ　いづこへ　行かうとするか
あなたの感傷は夢魔に饐《す》えて
白菊の花のくさつたやうに
ほのかに神秘なにほひをたたふ。

（とりとめもない夢の気分とその抒情）

春宵《しゅんせう》

嫋《なま》めかしくも媚ある風情を
しつとりとした襦袢《じゅばん》につつむ
くびれたごむの　跳《は》ねかへす若い肉体《からだ》を
こんなに近く抱いてるうれしさ
あなたの胸は鼓動にたかまり
その手足は肌にふれ
ほのかにつめたく　やさしい感触の匂ひをつたふ。

ああこの溶けてゆく春夜の灯《ほ》かげに
厚くしつとりと化粧されたる
ひとつの白い額をみる
ちひさな可愛いくちびるをみる
まぼろしの夢に浮んだ顔をながめる。

春夜のただよふ靄《もや》の中で
わたしはあなたの思ひをかぐ
あなたの思ひは愛にめざめて
ぱつちりとひらいた黒い瞳《ひとみ》は
夢におどろき
みしらぬ歓楽をあやしむやうだ。
しづかな情緒のながれを通つて
ふたりの心にしみゆくもの
ああこのやすらかな　やすらかな
すべてを愛に　希望《のぞみ》にまかせた心はどうだ。

人生《らいふ》の春のまたたく灯かげに
嫋めかしくも媚ある肉体《からだ》を
こんなに近く抱いてるうれしさ
処女《をとめ》のやはらかな肌のにほひは
花園にそよげるばらのやうで
情愁のなやましい性のきざしは
桜のはなの咲いたやうだ。

※本書には、現在の観点から見ると差別用語と取られかねない表現が含まれていますが、原文の歴史性を考慮してそのままとしました。

詩集『青猫』より

2021年12月17日　第1版1刷発行

著者　萩原 朔太郎
絵　しきみ

発行人　古森 優
編集長　山口 一光
デザイン　根本 綾子(Karon)
担当編集　切刀 匠

発行：立東舎

印刷・製本：株式会社広済堂ネクスト